L'ART

DE
LA GUERRE.

POËME.

Undè priùs nulli velarunt tempora Musæ.

LUCRET. L. I.

L'ART

DE

LA GUERRE.

POEME.

Undè priùs nulli velarunt tempora Musæ.
LUCRET. L. I.

A BERLIN.

M. DCC. LX.

L'ART
DE LA GUERRE.

CHANT PREMIER.

OUS qui tiendrez un jour par le droit de
naissance,
Le sceptre de nos Rois, leur glaive, leur
balance,
Vous le sang des Héros, vous l'espoir de l'État,
Jeune Prince, écoutez les leçons d'un Soldat,
Qui formé dans les camps, nourri dans les allarmes,
Vous appelle à la gloire & vous instruit aux armes.

Ces armes, ces chevaux, ces soldats, ces canons,
Ne soutiennent pas seuls l'honneur des Nations ;
Apprenez leur usage & par quelles maximes
Un Guerrier peut atteindre à des exploits sublimes ;
Que ma muse en ces vers vous trace les tableaux
De toutes les vertus qui forment les Héros,

A

De leurs talens acquis & de leur vigilance,
De leur valeur active & de leur prévoyance,
Et par quel art encor un Guerrier éclairé
De l'art même franchit le terme resserré.

Mais ne préfumez pas que dangereux Poëte
Entonnant des combats la funefte trompette,
Ebloui par la gloire, yvre de fon erreur,
J'infpire à votre audace une aveugle fureur.

Je ne vous offre point Attila pour modele,
Je veux un Héros jufte, un Tite, un Marc-Aurele,
Un Trajan, des humains & l'exemple & l'honneur,
Que la vertu couronne ainfi que la valeur;
Tombent tous les lauriers du front de la victoire,
Plutôt que l'injuftice en terniffe la gloire.

O bienfaifante paix, & vous génie heureux,
Qui fur les Pruffiens veillez du haut des Cieux,
Détournez de nos champs, des cités, des frontieres,
Ces ravages fanglans, ces fureurs meurtrieres,
Ces illuftres fléaux des malheureux humains.
Si mes vœux font reçus au temple des deftins,
Confentez qu'à jamais ce floriffant Empire
Goûte fous votre abri le repos qu'il defire;
Que fous leurs toîts heureux les Laboureurs contens
Recueillent pour eux feuls les moiffons de leurs champs;
Que fur fon tribunal Thémis en affurance,
Réprime l'injuftice & venge l'innocence;

Que nos vaisseaux légers fendant le sein des eaux,
Ne craignent d'ennemis que les vents & les flots ;
Que tenant dans ses mains l'olivier & l'égide,
Minerve sur le trône à nos conseils préside.

Mais si d'un ennemi l'orgueil ambitieux,
De cette heureuse paix rompt les augustes nœuds,
Rois, peuples, armez-vous, & que le Ciel propice
Soutienne votre cause & venge la justice.
C'est à toi, Dieu terrible, à toi Dieu des combats,
A m'ouvrir la barriere, à conduire mes pas ;
Et vous charmantes Sœurs, Déesses du Permesse,
Gouvernez de ma voix la sauvage rudesse,
Rendez d'un vieux Soldat les champs mélodieux,
Accordez ma trompette au luth harmonieux.
J'entreprends de placer par une heureuse audace,
Le Dieu de la victoire au sommet du Parnasse ;
Je veux armer vos fronts de casques menaçans,
Ma main ne peindra point le transport des amans,
Leurs peines, leurs plaisirs, leurs larcins, leurs caresses,
Ni des cœurs des Héros les indignes faiblesses :
Que le chantre du Pont dans ses douces erreurs,
Vante le Dieu charmant qui causa ses malheurs,
Qu'à ses flatteurs accens les graces soient sensibles,
Je ne vous offrirai que des objets terribles.
Vulcain qui sous l'Etna par ses brûlans travaux
Forge à coups redoublés les foudres des Héros,
Ces foudres redoutés entre des mains habiles,
Qui tantôt font tomber les fiers remparts des villes,

A 2

Tantôt percent les rangs dans l'horreur des combats ;
Et font dans tous les tems le deftin des États.

Je peindrai les effets de cette arme cruelle,
Qu'inventa dans Bayonne une fureur nouvelle,
Qui du fer & du feu réuniffant l'effort,
Aux yeux épouvantés offre une double mort.

Au fein de la mêlée, au milieu du carnage,
On verra des Héros le tranquille courage,
Réparer le défordre & promt dans fes deffeins,
Difpofer, ordonner, enchaîner les deftins.

Avant que de traiter ces matieres fublimes,
Il faut vous arrêter aux premieres maximes.

Ainfi quand l'aigle enfeigne à fes jeunes aiglons,
A diriger leur vol au fein des Aquilons,
Couverts à peine encor d'une plume nouvelle,
La mere en s'élevant les porte fur fon aîle.

O vous, jeunes Guerriers, qui brûlant de valeur,
Prêts à vous fignaler dans les champs de l'honneur,
Vous arrachez aux bras d'une plaintive mere,
N'allez point vous flatter, novices à la guerre,
Que vous débuterez par d'immortels exploits ;
Commencez fans rougir par les derniers emplois,
Durement exercés dans un travail pénible,
Du fufil menaçant portez le poids terrible,
Rendez votre corps fouple à tous les mouvemens,
Que le Dieu des Guerriers enfeigne à fes enfans ;

Tous fermes dans vos rangs, en filence immobiles,
L'œil fixé fur le Chef, à fes ordres dociles,
Attentifs à fa voix, s'il commande, agiffez,
En mouvemens égaux à l'inftant exercez,
Apprenez à charger vos tubes homicides,
Avancez fierement à grands pas intrépides,
Sans flotter, fans ouvrir & fans rompre vos rangs,
Tirez par pelotons en obfervant vos tems,
Promts fans inquiétude & pleins de vigilance,
Aux poftes dont fur vous doit rouler la défenfe,
Attendez le fignal & marchez fans tarder;
Qui ne fait obéir ne faura commander.

Tel fous LOUIS DE BADE exerçant fon courage,
Finck (1) de l'art des Héros a fait l'apprentiffage.

Des troupes qu'on raffemble en formidables corps,
Les derniers des Soldats compofent les refforts;
Ces refforts agiffans, ces membres de l'armée,
D'un mouvement commun la rendent animée.

C'eft ainfi, pour fournir aux fuperbes jets d'eaux,
Que Verfailles renferme en fes vaftes enclos,
Qu'à Marly s'éleva cette immenfe machine
Qui rend la Seine efclave & fur les airs domine,
Cent pompes, cent refforts à la fois agiffans,
Preffent dans des canaux les flots obéiffans,
Jufqu'à la moindre roue a fa tâche marquée:
Qu'une foupape céde ou faible ou détraquée,

(1) Le Maréchal Finck mort en 1736.

La machine s'arrête & tout l'ordre est détruit.

Ainsi dans ces grands corps que la gloire conduit,
Que tout soit animé d'un courage docile,
La valeur qui s'égare est souvent inutile.
Des mouvemens trop promts, trop lents, trop incer-
    tains,
Font tomber les lauriers qu'avaient cueillis vos mains.

Aimez donc ces détails, ils ne font pas fans gloire,
C'eft-là le premier pas qui mene à la victoire,
Dans des honneurs obfcurs vous ne vieillirez pas,
Soldat, vous apprendrez à régir des Soldats.
Bientôt chef éclairé d'une troupe intrépide,
Marchant de grade en grade où le devoir vous guide,
Vous verrez fous vos loix un bataillon nombreux :
Préfidez à fa marche & gouvernez fes feux,
Montrez-lui dans quel ordre un bataillon s'avance,
Charge, tire, recharge & s'arrête ou s'élance.

Les Pruffiens nerveux, tous robuftes & grands,
Vainquent leurs ennemis combattans fur trois rangs ;
Sur plus de profondeur leurs rivaux pleins d'audace,
Réfiftant un moment leur ont cédé la place.
Il faut qu'un bataillon marche d'un pas égal,
Qu'il ne prodigue point fon tonnerre infernal,
Que fon front hériffé pointant la bayonnette,
Étonne l'ennemi, le force à la retraite.

Il faut renouveller vos combattans altiers,
La mort au champ de Mars moiffonne les Guerriers;

Pour maintenir l'honneur de ces troupes auguftes;
Choififfez avec foin des hommes forts, robuftes,
Mars veut que fans quitter leurs rangs & leurs drapeaux,
Ils portent en marchant les plus pefans fardeaux.
Des corps moins vigoureux, vaincus de laffitude,
N'attendraient pas la fin d'une campagne rude.
Tels au milieu des bois les chênes fourcilleux
Affrontent les affauts des vents impétueux,
Tandis qu'à leurs côtés le fouffle de Borée
Renverfe des fapins la tige refferrée.

Tels font ces hommes forts, ces robuftes lions,
Dont il faut repeupler nos braves bataillons.
Si voulant acquérir une gloire certaine,
Vous afpirez au nom de fameux Capitaine;
Des armes connaiffez les emplois différens,
A les bien manier exercez vos talens.
Au combat du Lapithe il faut favoir encore
Unir cet art guerrier qu'inventa le Centaure;
Apprenez à domter la fougue des chevaux,
Qu'un fecond *Pluvinel* vous montre leurs défauts,
Qu'ils fautent les foffés au gré de votre audace.

Accoutumez vos reins au poids de la cuiraffe,
Que votre front preffé ne fe plaigne jamais,
Lorfque fur lui le cafque a fillonné fes traits;
La valeur fans adreffe eft tôt ou tard trompée,
Exercez votre bras à manier l'épée;
Cette arme redoutable & promte en fes effets,
Epouvante & détruit les ennemis défaits;

A 4

Mars daigne l'approuver, il veut dans la bataille
Que le fer meurtrier porte des coups de taille.
N'employez point le feu combattant à cheval,
Son vain bruit se dissipe & ne fait point de mal ;
Parez quand il le faut vos Coursiers sur la croupe,
Apprenez dans les champs à ranger votre troupe ;
Serrez vos Cuirassiers & que votre escadron,
Des autres peu distant garde le même front.
Faites-vous enseigner par un Guerrier habile,
Comme en ces mouvemens ce corps devient agile,
Comment en un clin d'œil par ses conversions,
Il prend, quitte, reprend d'autres positions,
Se transporte soudain, se forme avec vîtesse,
Dans des terreins divers manœuvre avec souplesse ;
A l'ordre de ses Chefs attentif & soumis,
Sur les aîles des vents fond sur ses ennemis,
   de son choc serré les pousse & les renverse,
 es poursuit dans les champs, les force & les disperse.

   La Grece la premiere a planté les lauriers,
Sparte sur le berceau, l'école des Guerriers ;
Là nâquirent jadis l'ordre & la discipline,
La phalange aux Thébains a dû son origine :
MILTIADE, CIMON, sage EPAMINONDAS,
Vous fîtes des Héros de vos moindres Soldats ;
L'art suppléait au nombre, & l'audace aguerrie,
De l'orgueil des Persans vengea votre Patrie.
O jour de Salamine ! ô jour de Marathon !
C'est vous qui de la Grece éternisez le nom.

Regardez ce Héros, ce Roi de Macédoine ;
Il donne à ses amis ses biens, son patrimoine ;
Mais riche en espérance & fier de ses vertus,
Il fond sur les Persans, il défait Darius,
Il subjugue l'Asie, & sa forte phalange
Asservit le Granique & l'Euphrate & le Gange.

Des bords de l'Orient le formidable Mars,
Dans le Sénat Romain porta ses étendarts ;
Ce peuple de Guerriers, amoureux des allarmes,
Apprit de ce Dieu même à manier les armes ;
Il combattit long-tems ses belliqueux voisins,
A le favoriser il força les destins ;
Hétrusques & Sabins vaincus par sa vaillance,
Gouvernés par ses loix, accrurent sa puissance.
Fiere de ses exploits, l'Aigle des Légions
Prit un vol élevé vers d'autres régions :
Rome de ses rivaux imitatrice heureuse,
Tournant contr'eux leurs traits en fut victorieuse ;
Ses camps furent changés en d'invincibles forts,
Le Danube les vit & trembla pour ses bords :
Rome ainsi triompha du Germain, de l'Ibere,
De ce peuple farouche habitant d'Angleterre,
De tous les arts des Grecs, des fins Carthaginois,
Des défenseurs du Pont, des grands corps des Gaulois,
Et de tous les Etats qui composaient le monde.

Mais cette discipline en victoire féconde,
Qui les fit arriver au point de la grandeur,
Sous les derniers Césars n'était plus en vigueur :

Alors les Goths, les Huns, les vagabonds Cépides;
Moins guerriers que brigands & de pillage avides,
Ravagerent l'Empire en proie à leurs fureurs:
Vainement le Romain chercha des défenseurs,
Et ce puissant État touchant à sa ruine,
Regretta, mais trop tard, l'antique discipline.

Cet art qui se perdit après un long déclin,
Sortit de son tombeau sous le grand CHARLES-QUINT;
Sous ce Guerrier fameux la Castille aguerrie,
Fit craindre aux Nations sa brave Infanterie,
L'ordre l'avait soumise à sa sévere loi,
Mais sa gloire périt dans les champs de Rocroi.

Alors d'un joug honteux rejettant l'insolence,
Exercé par MAURICE à venger son offense,
Apprenant à combattre, apprenant à servir,
Le Batave fut libre en sachant obéir;
Et l'exemple imposant de ce grand Capitaine
Développa bientôt les talens de TURENNE,
Il apprit aux Français le grand art des Héros,
LOUIS, ce sage Roi seconda ses travaux:
Le Militaire alors eut ses loix & sa régle,
Mais LOUIS dans sa Cour méconnut un jeune Aigle,
Fils tendrement chéri de Bellone & de Mars,
EUGENE, le soutien du trône des Césars.

Sous ce savant Guerrier, DESSAW dans son jeune âge
Fit de l'art des combats le dur apprentissage,
Et les Dieux protecteurs des camps Autrichiens,
Devinrent avec lui les Dieux des Prussiens.

Voilà comme en tout tems l'art que je vous enseigne
A foutenu les Rois, a maintenu leur regne ;
Et fi la difcipline en eft le fondement,
Si fa force foutient ce vafte bâtiment,
Jugez de fa grandeur & de fon importance,
On ne peut l'acquérir que par l'expérience :
Malheur aux apprentifs dont les fens égarés
Veulent fans s'appliquer franchir tous les dégrés.

Tel était Phaéton, ce jeune téméraire,
A lui prêter fon char il contraignit fon pere,
Sans qu'il fût gouverner des Courfiers fi fougueux ;
Sans favoir le chemin qu'ils tenaient dans les Cieux ;
Du char de la lumiere il prit en main les rênes,
Parcourant égaré des routes incertaines,
La foudre le frappa, du vafte champ des airs
Son corps précipité s'abyma dans les mers.

Téméraires, craignez le fort qui vous menace,
Phaéton périt feul par fa funefte audace,
Si vous guidez trop tôt le char brillant de Mars,
Songez que tous l'État doit courir vos hafards.

L'ART
DE LA GUERRE.

CHANT SECOND.

QUAND sur cet Univers la discorde fatale
Se déchaîne des bords de la rive infernale,
Que ces cris furieux excitent ses serpens,
Qu'elle secoue en l'air ses flambeaux dévorans,
Et sur les toits des Rois répand leurs étincelles ;
Alors envénimant leurs funestes querelles,
La vanité, l'envie & l'animosité,
Chassent de leurs Conseils la paix & l'équité ;
La vengeance à leurs yeux offre sa douce amorce,
Et tous leurs démêlés se vuident par la force.

Par ses premiers succès le monstre encouragé,
Avide encor de sang dont il est regorgé,
Invoque par ses cris le démon de la guerre
Et les fléaux cruels qui désolent la terre.

Alors s'ouvrent par-tout les magasins de Mars,
Les tonnerres d'airain garnissent les remparts ;
L'acier battu gémit sur la pesante enclume,
Et l'air est infecté de souffre & de bitume :

Ces immenfes Cités où les heureux fujets
Jouiffaient des plaifirs, des arts & de la paix,
Sont pleines de Soldats, de machines & d'armes,
Ces Guerriers raffemblés refpirent les allarmes,
La trompette guerriere éclate dans les airs,
On n'attend pour agir que la fin des hivers.

La faifon des plaifirs où le Dieu de Cythere
Fait refpirer l'amour à la nature entiere,
Où les mortels en paix fe livrent à fes feux,
N'offre que des dangers aux cœurs audacieux;
Mais la gloire a caché ces périls à leur vue:
Dès que l'air s'adoucit, que la neige fondue
Tombe en flots argentés de la cime des monts,
Et ferpente en ruiffeaux à travers les vallons;
Que les prés émaillés par des fleurs différentes
Préfentent aux troupeaux leurs pâtures naiffantes;
Que les bleds verdoyans embelliffent nos champs,
Dès que Flore aux humains annonce le Printems:
Ces Guerriers préparés contre des coups finiftres,
Des vengeances des Rois redoutables Miniftres,
Volent pour s'affembler dans les champs de l'honneur,
Et tous pleins du defir de marquer leur valeur,
Quittent l'abri du toît pour la toile légere;
Leurs voifins effrayés appréhendent la guerre,
Et de leurs Laboureurs ces champs abandonnés,
Par des bras étrangers vont être moiffonnés.

Vers un lieu défigné cette troupe guerriere,
S'affemble pour camper fur un front de bandiere.

Si-tôt qu'on a choisi les lieux des campemens,
On voit tracer, bâtir & craître en peu de tems,
Places, maisons, palais de cette ville immense;
L'élite de l'État y tient sa résidence,
Le travail y préside, il éleve ces toîts
Sans l'aide du ciment, des pierres ni du bois,
Tout Soldat est Maçon, cet Architecte habile,
Fait, transporte & refait cette Cité mobile.

Il faut beaucoup d'acquit, de l'art & des talens,
Pour choisir son terrein & pour prendre ses camps;
Cette utile science est sur-tout estimée.

Voulez-vous par vos soins assurer votre armée?
Formez-vous le coup d'œil sur des signes certains,
Faites un bon emploi des différens terreins;
Ici vous rencontrez des hauteurs escarpées,
Là des vallons, des champs ou des terres coupées;
Dans des occasions ou des tems différens,
Ils vous serviront tous à soutenir vos camps:
D'eux dépend votre sort quand le combat s'apprête.

Vos troupes font un corps dont vous êtes la tête;
Il faut penser pour lui, ranimer son effort,
Agir quand il repose, & veiller lorsqu'il dort:
En vous tous ces Guerriers placent leur confiance,
Leurs destins font commis à votre prévoyance;
Répondez à leurs vœux par votre habileté,
Le Soldat de vous seul attend sa sûreté.
Si vous voulez tenter la fortune incertaine,
Avide des combats campez-vous dans la plaine,

Rien n'y peut empêcher vos divers mouvemens.
Placez pour sûreté des corps fur vos devans,
N'éloignez pas les camps des bois & des rivieres,
Couvrez de fon abri les Ville nourricieres.
Il faut que votre corps fur deux lignes rangé
Occupe fon terrein avec art ménagé;
L'Infanterie au centre, & fur-tout fur les aîles
Placez de vos Dragons les cohortes nouvelles:
Ceux qui par pelotons élancent le trépas,
Font le corps de bataille & vos Courfiers fes bras;
Des deux côtés fans gêne ils doivent les étendre;
Attentifs aux moyens qu'ils ont pour fe défendre,
Au lieu qui leur eft propre affignez chaque corps,
Dans un terrein contraire ils perdent leurs efforts.

Ces Centaures vaillans dont la courfe légere
Fait fous leurs pieds adroits difparaître la terre,
Et fouleve dans l'air des nuages poudreux,
Ne fauraient s'élancer dans des lieux montagneux.

Les terreins font égaux pour votre Infanterie,
Montagnes, défilés, bois, collines, prairie,
Elle franchit la plaine à grands pas menaçans,
Efcalade les monts & les retranchemens;
Elle attaque ou défend avec même avantage
Tous les poftes divers où le combat s'engage.

Tel que dans le printems un nuage orageux,
Gronde & vomit foudain de fes flancs ténébreux
Les éclairs menaçans & la grêle & la foudre,
Renverfe les épis & les réduit en poudre.

Tels ces braves Guerriers par des gerbes de feu
Terrassent l'ennemi qui s'abbat devant eux.

Si votre expérience est déjà consommée,
Vous saurez appuyer les flancs de votre armée ;
Un bois, une riviere, un village, un marais,
Par leurs difficultés en défendent l'accès :
Votre ennemi confus respectera ces bornes.

Le taureau se confie en ses superbes cornes,
Il terrasse les ours, les lions, les chevaux,
Fierement attentif à leurs brusques assauts,
Il marche dans l'arene, il s'élance, il s'arrête,
Il refuse les flancs & présente sa tête :
Gravez dans votre esprit ce principe important,
Qui cache sa faiblesse est un Guerrier prudent.
Le Héros d'Ilion illustré par la fable,
Achille au talon près était invulnérable ;
Vous l'êtes sans vos flancs, donnez-leur un appui,
Ou vous pourrez par eux succomber comme lui.

Le fort peut relever vos faibles adversaires.
Si les événemens vous deviennent contraires,
Si leur troupe grossit par des secours nombreux,
Quittez des champs ouverts les postes hazardeux ;
Vous suppléerez au nombre, & par votre science
Vous choisirez des camps propres pour la défense ;
Dans d'épaisses forêts, sur le sommet des monts,
Ou derriere un torrent placez vos bataillons.

Ce

Ce n'eſt pas encor tout ; qu'une route inconnue
Pour ſortir de ce poſte ouvre une libre iſſue,
Alors maître abſolu de tous vos mouvemens,
Vous enchaînez le fort & les événemens :
L'ennemi que votre art a ſu rendre immobile,
Conſumera ſans fruit ſon audace inutile.

Apprenez à préſent comme il faut dans ces camps,
Selon les loix de Mars, ranger les combattans.
Soutenez par le feu la ligne de défenſe,
Et de vos bataillons rempliſſez la diſtance
Par vos foudres d'airain dont les coups menaçans
Impriment l'épouvante au cœur des aſſaillans.

Derriere ces volcans d'où part la flamme ardente,
Placez des Cuiraſſiers la cohorte brillante.
Si vos rivaux de gloire animés par l'honneur,
Percent par votre ligne & forcent ſa valeur,
Ebranlez vos Courſiers, que la tranchante épée
Du ſang des ennemis auſſi-tôt ſoit trempée.

Ainſi par l'art du Chef le docile terrein,
Contre un danger preſſant prête un ſecours certain,
Ainſi l'habileté corrige la fortune ;
Mais la prudence eſt rare & l'audace eſt commune ;
VARRON fut un Soldat, FABIUS un Héros.

Tel, s'élévant aux Cieux, le ſommet de l'Athos
Voit le fougueux Borée aſſembler les nuages,
Il entend à ſes pieds éclater les orages :

B

Sont front toujours serein où se brisent les vents,
Méprise le tonnerre & ses bruits impuissans.

Tel du haut de son camp bravant le sort contraire,
Un Héros de sang froid voit son fier adversaire,
Epuiser contre lui sa frivole fureur.

Si le Dieu des combats vous marque sa faveur,
Si du génie en vous brillent les étincelles,
Vous trouverez par-tout des Forts, des Citadelles
Que les mains des mortels n'ont jamais travaillés,
Postes que la Nature a seule ainsi taillés.
L'ignorant voit ces lieux, mais c'est sans les connaître :
Le sage les saisit, ce sont des coups de maître.

Ainsi dans un lieu fort le fier Léonidas
Se défendit long-tems avec peu de Soldats ;
Un monde de Persans, aussi fiers qu'inhabiles,
Se virent arrêtés au pas des Thermopyles ;
La Grece par son art fit confondre Xercès
Dans le rapide cours de ses brillans succès.

Ainsi se disputant la victoire & l'Empire,
Transportant les hasards d'Ausonie en Épire,
Le Héros du Sénat, l'idole des Romains,
Du fils d'Anchise un tems balança les destins.

Monts de Dyrrachium où Rome était campée,
Vous forçâtes César à respecter Pompée !
Sans risquer de combat, maître de la hauteur,
Le Sénat triomphait, Pompée était vainqueur ;

Mais trop facile aux vœux d'une jeuneſſe ardente,
Laſſe de ſes travaux, valeureuſe, imprudente,
A peine quitta-t-il ſon poſte avantageux,
Que Mars lui fit ſentir des deſtins rigoureux
Dans ce jour déciſif, dans ce combat unique ;
Où Céſar ſoumit Rome au pouvoir deſpotique.

Vous, MONTECUCULLI, l'égal de ce Romain,
Vous, ſage défenſeur de l'Empire & du Rhin,
Qui tîntes par vos camps en ſavant Capitaine,
La fortune en ſuſpend entre vous & TURENNE,
Mes vers oubliraient-ils vos immortels exploits ?
Ah ! Mars pour les chanter ranimerait ma voix.
Venez, jeunes Guerriers, admirez ſa campagne,
Où ſes marches, ſes camps ſauverent l'Allemagne ;
Où ſe montrant toujours dans des poſtes nouveaux,
Il contint les Français & brava leurs travaux.
Mais ne préſumez pas qu'il ſe tint immobile,
Quoiqu'un camp vous paraiſſe une ſuperbe ville,
La Guerre veut ſouvent d'autres poſitions,
Il faut ſur l'ennemi régler ſes actions,
Le prévenir par-tout, occuper un paſſage,
Marcher rapidement, ſaiſir ſon avantage,
Se retirer ſans perte, avancer à propos,
Et toujours l'occuper par des deſſeins nouveaux.

Quand par ordre du Chef le vieux camp s'abandonne,
Tous les corps ſéparés ſe mettant en colonne,
Forment en s'avançant quatre corps différens,
L'Infanterie au centre & les Courſiers aux flancs :

Sous leurs pieds dans les airs s'éleve la poussiere.
L'ennemi qui de loin voit leur troupe guerriere,
En replis tortueux couvrir les vastes champs,
Comme aux bords Africains ces énormes serpens,
Tout armés & couverts d'une écaille brillante,
A cet aspect terrible il frémit d'épouvante,
Et croit voir devant lui s'avancer le trépas.

 Quand vous marchez en ordre & prêt pour les
    combats,
Afin qu'avec plaisir Bellone vous regarde,
Poussez devant l'armée une forte avant-garde.
Ne l'abandonnez pas, sachez la soutenir,
Ou l'ennemi trop promt pourrait vous en punir.

 Semblable à ce fanal qui précéda Moïse,
Ce corps vous garantit contre toute surprise.
Il est plus d'un moyen pour transporter les camps ;
S'il faut vous ébranler en tournant par vos flancs,
Qu'à la droite ou qu'ailleurs le besoin vous appelle,
Vos deux lignes alors marchent en parallele.

 Le fort peut quelquefois abaisser les vainqueurs :
CONDÉ s'est vu battu, TURENNE eut des malheurs,
Alors il faut céder à ce destin contraire,
On peut en reculant tromper son adversaire.
C'est-là que l'art du Chef doit se faire admirer,
Si sans confusion il sait se retirer ;
Son bagage escorté part & prévient sa perte,
Par un corps qui la suit son armée est couverte :

Et tandis qu'il garnit le fier sommet des monts,
Ses Guerriers rassurés traversent les vallons.
Ce Héros gagne ainsi sans que son nom s'expose,
Un poste avantageux où sa troupe repose.

En passant les forêts & les monts des Germains,
VARUS négligea trop le soin de ses Romains :
Il oublia de l'art les regles salutaires,
Ses camps étaient peu sûrs, ses marches téméraires ;
Il guida ses Soldats en d'affreux défilés,
Où par ARMINIUS ils furent accablés.
Frappé de leur destin, le pacifique Auguste
S'écria dans l'effort d'une douleur si juste,
O Varus ! ô Varus ! rends-moi mes légions ;
S'il eût vu les Romains dans leurs positions,
Il aurait plutôt dit, » Général incapable,
» Occupe les hauteurs d'où l'ennemi t'accable. «

Voilà quels sont de l'art les principes certains,
Principes d'où dépend le sort des Souverains.
De l'ordre dans les camps, une marche bien faite,
Un poste avantageux, une belle retraite,
Décident du destin des Rois & des États.

Vous, illustres Guerriers, guides de nos Soldats,
Apprenez par mes vers les loix de la Tactique,
Et par leur théorie allez à la pratique ;
Si vous voulez passer sous un arc triomphal,
Campez en FABIUS, marchez comme ANNIBAL.

L'ART
DE LA GUERRE.

CHANT TROISIEME.

VOUS avez parcouru les Arcenaux de Mars :
C'eſt peu d'être enrôlé ſous ſes fiers étendarts,
C'eſt peu que d'un Soldat le courage s'eſtime,
Si maître de ſon art il ne tend au ſublime.

Suivez-moi dans ſon temple, obſervez, pénétrez
Ses myſteres divins de la foule ignorés ;
Loin des ſentiers battus où rampe le vulgaire,
D'un pas ſage & hardi marchez au ſanctuaire.

Voyez-vous ces chemins raboteux, reſſerrés,
Teints du ſang des Héros, d'abymes entourés ?
Sur ce rocher ſanglant, voyez-vous dans la nue
De ce Palais ſacré la ſuperbe étendue ?
Son faîte eſt dans l'Olympe au-delà du ſoleil,
Où des Dieux immortels s'aſſemble le Conſeil :
Ses fondemens d'airain touchent au noir Tartare.

Alecton, la Diſcorde avec la Mort barbare,
Les gardes redoutés de ces lieux effrayans,
Lançant en vain ſur vous des regards foudroyans,

La Gloire vous raſſure & ſa voix vous appelle,
La Gloire ouvre le temple, avancez avec elle;
Je vois les chaſtes Sœurs dans ces parvis ſacrés,
Leurs utiles travaux n'y ſont point ignorés:
Un compas à la main j'apperçois *Uranie*,
Qui meſurant la terre & ſa forme applatie,
Nous dépeind en petit par ſes crayons diſerts,
Les différens États que contient l'Univers;
Chaque point ſur la terre a ſon ordre & ſa place,
D'un hémiſphere à l'autre elle a marqué la trace.
SANSON avec VAUBAN, ſes dignes favoris,
Des novices guerriers cultivent les eſprits;
Elle leur montre à tous dans des cartes guerrieres,
Les pays, les cités, les monts & les rivieres,
Les forts que l'on doit prendre & ceux qu'on doit laiſſer,
Les chemins reconnus qu'un corps peut traverſer.

Plus loin c'eſt *Calliope*, en careſſant la Gloire,
Des Rois & des Héros elle conte l'hiſtoire;
Ses jeunes Auditeurs attentifs à ſa voix,
S'échauffent au récit de leurs nobles exploits:
Et la Muſe en traitant des matieres ſi hautes,
Leur montre à profiter des ſuccès & des fautes.

Voyez-vous la Morale à l'air majeſtueux,
Qui chaſſe du parvis les cœurs préſomptueux?
Elle enſeigne aux Guerriers d'un ton de voix ſévere,
Les devoirs de l'honneur & d'un mérite auſtere;
Condamne l'intérêt & la férocité,
Dans le ſein des horreurs prêche l'humanité,

Étouffe dans ſes mains les ſerpens de l'Envie,
Et veut pour l'État ſeul qu'on prodigue ſa vie.

Approchons-nous, Bellone un glaive dans la main,
Fait tourner ſur ces gonds cette porte d'airain,
Qui cache pour jamais à tout Guerrier vulgaire
Les ſecrets que le Dieu renferme au Sanctuaire,
Connus des favoris qu'il place à ſon côté.

Dans le fond de ce temple entouré de clarté,
Sur un trône éclatant de grandeur infinie,
Soutenu dans les airs des aîles du Génie,
Paraît le Dieu terrible en toute ſa ſplendeur.
On voit auprès de lui l'intrépide Valeur,
Le tranquille Sang-froid qui ſans crainte s'expoſe ;
Le vigilant Travail qui jamais ne repoſe,
La Ruſe à l'œil malin, qui ſéconde en détours,
Par ſes déguiſemens ſe fournit des ſecours ;
Qui prend dans le beſoin une forme empruntée,
S'échappe & reparaît comme un autre Protée.
L'Imagination aux yeux étincellans,
Brûlant d'un feu divin qu'elle porte en ſes flancs,
Avec rapidité conçoit, forme, deſſine
Mille brillans projets que Pallas examine.
Plus loin les yeux baiſſés & le maintien diſcret,
On voit l'impénétrable & fidele Secret ;
Son doigt myſtérieux repoſe ſur ſa bouche,
Ce confident de Mars fait tout ce qui le touche.
Le trône eſt entouré de lauriers éternels
Qu'il préſente lui-même aux demi-Dieux mortels,

A fes vrais favoris, qui dignes de leur gloïre,
Aux efforts du Génie ont foumis la Victoire.
Couronnes des Héros, c'eft vous dont les appas
Entraînent les Guerriers dans l'horreur des combats;
Les autres paffions font pour vous étouffées.
Dans ce temple brillant décoré de trophées,
Où Mars régle à fon gré le fort du genre humain,
Placés dans l'entre-deux des colonnes d'airain,
On peut des fils du Dieu diftinguer les ftatues,
Foulant les nations que leurs mains ont vaincues.

Là font ces deux Héros tant de fois comparés,
Montés au premier rang par différens degrés;
Le vainqueur des Perfans, le vainqueur de Pompée;
La terre de leur nom eft encore occupée.
Là paraît MILTIADE, ALCIBIADE, CIMON,
PAUL EMILLE, QUINTUS, FABIUS, SCIPION.
Plus loin, le grand HENRI, CONDÉ, VILLARS,
    TURENNE.
Là MONTECUCULLI, DE BADE, ANHALT, EUGENE,
L'heureux GUSTAVE ADOLPHE, & le GRAND-
    ELECTEUR.

Là fortant fraîchement de la main du Sculpteur,
On voit une ftatue élégante & nouvelle;
Son front eft ombragé d'une palme immortelle:
C'eft ce fameux SAXON, le Héros des Français,
Que la mort dans fon lit abbattit de fes traits.

Venez, jeunes Guerriers, voici l'Expérience,
Par d'immenfes travaux elle acquit la fcience,

Son front est ombragé de cheveux blanchissans,
Ses membres recourbés sentent le poids des ans ;
Son corps cicatrisé tout couvert de blessures,
Du Tems qui nous détruit affronte les injures ;
Présente à tous les faits, présente à tous les lieux ,
Elle instruit les esprits de ce qu'ont vu ses yeux.

Elle vous fera voir dans la guerre Punique,
Par quel coup SCIPION sauva Rome en Afrique ;
A Carthage effrayée attirant Annibal,
Le força de combattre en son pays natal.
Un Général vulgaire, un moins vaste génie
Satisfait d'accourir aux champs de l'Ausonie ,
Peut-être eût défendu son pays ravagé ,
Il eût sauvé l'État, mais ne l'eût point vengé.

La Discorde en troublant la maîtresse du monde,
Dans les divers partis en Héros fut féconde ;
Voyez SERTORIUS qu'on ne peut accabler,
Avancer à propos, quelquefois reculer ;
Assuré par l'appui des rochers d'Ibérie,
Arrêter des Romains la valeur aguerrie.
Tant un génie heureux qui posséde son art,
Du destin de la Guerre écarte le hazard !
Un Guerrier plus ardent, moins sage & moins habile,
De l'âpreté des monts quittant le sûr asyle,
Eût cherché ses rivaux, qui dans leur camp nombreux,
Amenaient la Fortune & POMPÉE avec eux.

Ici le grand CONDÉ, fils chéri de Bellone,
De la France étonnée assure la couronne ;

Il falloit arrêter par des coups éclatans,
D'un heureux ennemi les succès trop constans.
Dans ce jour décisif pour l'Espagne & la France,
L'audace du Héros fit plus que la prudence;
Un Chef plus circonspect & moins entreprenant
N'aurait point hazardé ce combat important;
L'Espagnol enhardi par le Français timide,
Vers Paris eût poussé sa fortune rapide.

Voyez du fond du Nord où régnent les hivers,
Cette flotte étrangere avancer sur nos mers;
Elle porte GUSTAVE & le sort de l'Empire,
Des Germains divisés la Discorde l'attire,
La Prudence le guide & Mars est avec lui.
Des peuples opprimés trop dangereux appui!
Il vient, il est armé contre la tyrannie,
Dont Vienne menaçait la libre Germanie.
GUSTAVE s'établit sur les bords de la mer,
Où Stralsund lui présente un port toujours ouvert:
Là, soit que le Destin protege son audace,
Ou que du Sort jaloux il sente la disgrace,
Il est sûr des secours qu'arment ses défenseurs,
Pour servir sa fortune ou venger ses malheurs;
Il marche en conquérant, le bonheur l'accompagne,
Il parcourt, il délivre, il dompte l'Allemagne,
Il remet dans leurs droits cent Princes outragés,
Protecteur redoutable à ceux qu'il a vengés,
A ses desseins secrets il fait servir sa gloire;
Si la Parque fatale au sein de la victoire,

N'eût arrêté sa course & tranché son destin ,
L'Empire aurait nourri deux maîtres dans son sein.
Là , regardez EUGENE & sa marche hardie ,
Quand l'Empire des Lys tenait la Lombardie ,
Les Alpes au Héros préparent le chemin ,
Il les franchit , il vole , il délivre Turin :
MARSIN , qui défendait une trop vaste enceinte ,
Vit par-tout son armée à la fuite contrainte ;
Et par ce seul exploit le rapide Vainqueur ,
Rend la triste Italie à son faible Empereur.

Suivez ce grand EUGENE aux champs de la Hongrie :
Du Danube en sa marche il longe la prairie ,
Il assiége Belgrade & voit les Musulmans
A leur tour l'assiéger dans ses retranchemens ;
Il pousse ses travaux , il resserre la Place ,
Du Visir téméraire il méprise l'audace ,
Il le laisse avancer par un travail nouveau ,
Il lui laisse le tems de passer un ruisseau ;
Alors sans balancer ce fils de Mars s'élance ,
Sur eux ses Cuirassiers fondent en assurance :
Tout fuit devant ses pas , le Turc plein de frayeur
Céde le champ de gloire & Belgrade au Vainqueur.

Sortez de l'Élisée , ombre illustre & chérie ,
Quittez pour nous des Cieux l'immortelle patrie ,
D'un regard paternel voyez vos descendans ;
De l'art qui vous fit vaincre , instruisez vos enfans.
Enfans de ce Héros , je vous donne pour maîtres ,
Non des Guerriers obscurs , mais vos propres Ancêtres.

Électeur généreux, est-ce vous que je vois?
Vos peuples sont encor tous pleins de vos exploits:
C'est à leurs cris touchans, c'est à leur voix plaintive,
Que du Rhin tout sanglant abandonnant la rive,
L'Elbe vous vit soudain voler à leur secours.

L'État était en proie aux tigres, aux vautours,
Les fiers enfans des Goths ravageaient nos contrées,
Ils brûlaient nos cités au pillage livrées:
Wrangel, fier d'un succès qui n'avait rien coûté,
S'endort dans son triomphe avec sécurité;
La foudre le réveille au bord du précipice,
Un Dieu vengeur paraît, un Dieu pour nous propice,
Venir, voir, triompher fut l'ouvrage d'un jour;
Le Suédois consterné par ce subit retour,
Surpris dans ses quartiers par ce nouvel Alcide,
Veut en vain s'opposer à sa course rapide.
O champs de Fegrbelin, témoins de ses hauts faits,
Vous vites les Suédois attaqués & défaits!

Tel jadis du Très-haut exerçant la vengeance,
D'un peuple dans ses camps punissant l'arrogance,
L'Ange exterminateur frappa les Philistins.

Tel est plus grand encore en ses heureux destins,
Guillaume, dans ce jour au-dessus de la gloire,
Exerce la clémence au sein de la victoire;
Il pardonne à Hombourg dont l'imprudente ardeur
Engagea le combat, séduit par la valeur;
Il fait grace aux captifs, à ces bandes altieres,
De l'État désolé cruels incendiaires;

Mais s'il fait pardonner à ceux qu'il peut punir,
Des bords qu'ils ravageaient ardent à les bannir,
Il fait fuir devant lui leur troupe épouvantée
Vers les flots de la mer qui l'avaient apportée.

Ses exploits font suivis par des exploits nouveaux;
La Pruffe à fon fecours appelle ce Héros;
Les rigueurs de l'hiver, les flots couverts de glace,
Au lieu de l'arrêter fecondent fon audace;
Et Thétis étonnée au bruit de ces récits,
Voit tranfporter des camps fur fes flots endurcis:
Il vient, & fon nom feul qui répand l'épouvante,
Confond des ennemis la fureur infolente;
Il vient, il eft vainqueur, tout fuit devant fes pas,
Et fans même combattre il venge fes États.

Ce Héros qui jouit d'une gloire immortelle,
Doit, nourriffon de Mars, vous fervir de modéle;
Sans ceffe étudiez comme cet ELECTEUR,
Les différens pays où vous guide l'Honneur;
Digérer vos projets c'eft remplir votre attente.
L'imagination fouvent eft imprudente;
Ne comptez jamais feul & fachez fuppofer
Tout ce que l'ennemi pourra vous oppofer.
Vos deffeins font manqués, fi par votre prudence
Vous n'avez point pourvu pour votre fubfiftance.

Ce Roi qui des deftins éprouva les excès,
N'eft point perdu le fruit de neuf ans de fuccès,

Si dans des champs déserts conduisant son armée,
Le Czar ne l'eût battue, affaiblie, affamée.

Que le foudre en secret enfermé dans les airs,
Sur l'ennemi surpris tombe avec les éclairs ;
Toujours prêt, toujours promt, mais jamais téméraire,
Croyez que rien n'est fait, tant qu'il vous reste à faire,
Et ne soyez content de vos plus beaux succès,
Qu'autant qu'un plein effet répond à vos projets.

Ainsi, lorsque de Dieu la sagesse pronfonde
Du ténébreux chaos eut arraché le monde,
Il trouva l'Univers par son souffle animé,
Conforme au grand dessein qu'il en avait formé.

L'ART
DE LA GUERRE.

CHANT QUATRIEME.

Lorsqu'au siecle de fer, siecle où nâquit le vice,
L'audace du plus fort tenait lieu de justice,
Contre de fiers voisins au pillage excités,
On entoura de murs les naissantes Cités.
Bientôt pour asservir des Citoyens rebelles,
L'autorité des Rois bâtit des citadelles,
On éleva des forts & des remparts nouveaux,
Sur la cime des monts, au confluent des eaux,
D'ouvrages menaçans on ceignit les frontieres.

Tel que du double rang de ses dents carnassieres,
Le lion rugissant présente avec fierté,
Le terrible appareil au Maure épouvanté :
Tel d'un puissant État la frontiere assurée
Bravant des ennemis la fureur conjurée,
Ralentit leur ardeur par ses puissans remparts.

La Guerre en tous les tems fut le premier des arts :
Ainsi

Ainsi que ses progrès cet art eut son enfance :
La Grece & l'Ausonie assurant leur puissance,
N'avaient imaginé de plus puissans secours,
Que l'aipaisseur des murs & la hauteur des tours.
De ces lieux élevés ils défendaient les bréches,
En employant la fronde ou décochant des fléches,
Des pierres écrasaient les Soldats assaillans.
Lorsqu'on serrait de près ces défenseurs vaillans,
Lorsqu'on battait un mur par des béliers terribles,
De bitume & de poix les masses combustibles
Tombaient sur la machine, & des traits meurtriers
Perçaient les assaillans malgré leurs boucliers ;
Souvent les Généraux lassés d'efforts stériles,
Quittaient pleins de dépit ces travaux inutiles.

Je ne vous parle point de ce siége fameux
Qui fit périr Priam & ses fils malheureux,
J'honore d'Ilion la poétique cendre,
Et ces combats livrés sur les bords du Scamandre ;
Mais ce sujet si beau, par Virgile chanté,
Oterait à mes vers leur mâle gravité.

Voyez Rome occupée à prendre Syracuse,
Et METELLE employer la valeur & la ruse,
Pour emporter ces murs à force de travaux ;
Là, voyez ARCHIMEDE éluder les assauts,
De la ville & des tours réparer les ruines,
Arrêter les Romains & brûler leurs machines.

Marseille de ses forts jusqu'alors indomtés,
Repoussa de César les assauts répétés ;

C

Lassé de ces longueurs, mais sûr de sa fortune,
César soumit Marseille à l'aide de Neptune.
Les siéges des Romains, tous longs & meurtriers,
Suspendaient les destins des plus fameux Guerriers.

Long-tems après César, le démon de la Guerre
Des mains de Jupiter arracha le tonnerre;
Tout changea dans cet art par ces foudres nouveaux;
L'airain vomit en l'air des globes infernaux,
Qui s'élevant aux cieux par une courbe immense,
Redoublent en tombant de poids, de véhémence,
Abyment les Cités, s'envolent en éclats,
Et de leur flanc cruel élancent le trépas.

Bientôt de ces remparts le canon homicide,
Avec un bruit affreux & d'un essor rapide,
Au même instant que l'œil peut voir partir l'éclair,
Atteignit l'ennemi d'une masse de fer;
Dans les murs des Cités, le boulet formidable
Rend à coups redoublés la bréche praticable.

Ces miracles de l'art à nos jours réservés,
Par le Dieu des combats aux siéges approuvés,
Se font par le charbon, le soufre & le salpêtre.

Depuis que ce secret chez nous s'est fait connaître,
L'industrie inventive abondante en secours,
Défendit les Cités sans élever des tours;
Par des difficultés bien plus ingénieuses,
On évita l'effet de ces foudres affreuses.

Vous, célebre VAUBAN, favori du Dieu Mars,
Vous, le sublime Auteur des modernes remparts,
Que votre ombre apparaisse à nos Guerriers novices,
Montrez-leur par quels soins & par quels artifices
Vous avez assuré les Places des Français
Contre les bras Germains & les canons Anglais,
Comment votre savoir, par des routes nouvelles,
A su multiplier les défenses cruelles.

Ces ouvrages rasans, enterrés, protégés,
Ne sont des feux lointains jamais endommagés;
Munis de contre-forts à certaines distances,
Ils sont environnés par des fossés immenses:
Les bastions voisins flanquent les bastions,
Ils tournent vers leur gorge en forme d'oreillons.
Au milieu des fossés & devant les courtines,
Je vois des ravelins chargés de coulevrines,
Ces ouvrages coupés par sa savante main,
Par un nouveau rempart disputent le terrein.
Autour de ces travaux dans un plus vaste espace,
L'enveloppe s'éleve, elle couvre la Place.
Devant sont des fossés, là le chemin couvert,
La palissade enfin qui montre un front altier,
Et ce glacis sanglant que défend le courage,
Théâtre des combats, théâtre du carnage.
Que d'utiles travaux, de secours étonnans,
L'homme a tiré des arts soumis à ses talens!
Qui ne dirait à voir les remparts de la France,
Que tout est épuisé dans l'art de la défense?

C 2

Non, ne le penfez pas, voyez ces fouterreins,
Tout l'enfer s'affocie aux fureurs des humains.
Ces glacis fous vos pas contiennent des abymes,
Le falpêtre & la flamme attendent leurs victimes,
Ils partent de la terre, ils couvrent les remparts
D'armes, de fang, de morts, & de membres épars.

Malgré tant de travaux, tant de traits redoutables,
Les Places de nos jours ne font point imprenables;
Cet art ingénieux, foutien des défenfeurs,
Par des fecours égaux arme les aggreffeurs.
L'attaque a fa méthode, un Chef expert & fage,
A travers les périls s'ouvre un libre paffage :
Il entoure les Forts par fes Guerriers nombreux;
S'il craint des ennemis les projets hazardeux,
S'il craint qu'un Général entreprenant, habile,
Ofe forcer fon camp & fecourir la ville,
La terre fe remue, & tous fes combattans,
En creufant des foffés, font leurs retranchemens.
Ceux que Mars a doués de qualités infignes,
Dans un terrein étroit ont refferré leursdignes;
Un foffé fans Soldats ne défend pas fes bords,
Il faut aux ennemis oppofer des efforts,
Et ménager de plus une forte réferve.

Afin que l'ennemi jamais ne vous énerve,
Muniffez-vous toujours de vivres abondans,
Et méprifez alors l'effort des affaillans.

Etudiez le faible & le fort de la Place,
Et contr'elle tournez vos foins & votre audace :

Formez votre dépôt, avancez pas à pas,
Le niveau à la main, la régle & le compas.
Approchez par détours aux pieds des Citadelles,
Et creufez dans les champs de longues paralleles :
L'airain vomit alors fon redoutable foudre,
Bientôt les boulevarts tombent réduits en poudre :
Le tonnerre des Forts qui s'élançait fur vous,
Eft réduit au filence & refpecte vos coups ;
Dans fon chemin couvert, l'ennemi fans afyle
Céde aux bonds d'un boulet qui de côté l'enfile.
Mais vous voilà placé fur ce glacis trompeur,
Dont les volcans cachés impriment la terreur :
Dans ces perfides lieux fervez-vous de la fonde,
Découvrez, éventez les mines à la ronde.
Craignez d'un fang trop vif le tranfport imprudent,
Ménagez vos Soldats, hâtez-vous lentement.
Terminez avant tout la guerre fouterreine,
Que le Mineur caché fouille & perce avec peine,
Que la fappe en avant par des chemins précis,
Vous mene en fûreté fur le pied du glacis.
Pour ne point hazarder l'honneur d'une brigade,
Commandez vos affauts près de la palifiade ;
Alors maître abfolu de ce fanglant terrein,
Qu'on y mene d'abord ces tonnerres d'airain.
Par leurs coups redoublés les murailles s'éboulent,
A l'aide du Sappeur les boulevarts s'écroulent,
On comble les foffés à force de travaux,
Et les affauts cruels fuccédent aux affauts.

C 3

Souvent dans ces combats les Guerriers pleins d'au-
    dace,
Poursuivant les fuyards ont emporté la Place.
Ainsi par un effort avec art dirigé,
L'impétueux Français au combat engagé,
Au pouvoir de LOUIS fit tomber Valenciennes.

Observez le Soldat, il faut qu'on le retienne :
Les tigres, les lions sont plus humains que lui ;
Quand il suit furieux le Soldat qui l'a fui.
Si vous ne gouvernez sa cruauté mutine,
Avide du pillage, ardent sans discipline,
Porté par ses fureurs au comble des excès,
Vous le verrez souillé de meurtres, de forfaits.

Tout Général cruel qui pille, qui ravage,
Qui permet les excès, qui souffre le carnage,
Eût-il même conquis les plus vastes terreins,
Voit ses plus beaux lauriers se flétrir dans ses mains :
La voix de l'Univers contre lui réunie,
Oubliant ses exploits maudit sa tyrannie.

TILLI, qui combattit pour l'Aigle des Césars,
De l'éclat de son nom remplit les champs de Mars.
Mais un nuage sombre en obscurcit la gloire,
Son nom fut effacé du Temple de Mémoire,
De Magdebourg sanglant les lamentables voix
Eternisent sa honte & non pas ses exploits.

Guerriers, retracez-vous cette effroyable image,

Si ma main vous dépeint ces meurtres, ce carnage,
C'eſt pour vous inſpirer l'horreur de ces forfaits.

On porte aux habitans des paroles de paix,
Leur foi par cet eſpoir fut promtement ſéduite;
Sous le trompeur appas d'une treve hypocrite,
TILLI les endormit dans les bras du repos,
Morphée avait ſur eux répandu ſes pavots,
Sur ce puiſſant rempart qui l'avait défendue,
La garde mollement ſur l'herbe eſt étendue;
D'autres pour leurs maiſons abandonnent leurs Forts,
Un fantôme éclatant ſorti des ſombres bords,
De l'olive de paix leur préſente la tige,
On l'embraſſe, on accourt, enfin tout ſe néglige.

Tout dort, mais TILLI veille, il diſpoſe ſes corps,
Il précede l'aurore, il s'approche des Forts:
Sur ces puiſſans remparts privés de leur défenſe,
L'Autrichien cruel monte ſans réſiſtance;
Ah! peuple malheureux qu'un fantôme éblouit,
La trahiſon approche, elle vient, la paix fuit:
La mort, l'affreuſe mort, paraît dans ces ténébres
Et couvre la Cité de ſes aîles funébres;
La rage enſanglantée & ſes ſombres fureurs,
Des glaives infernaux vont armer les Vainqueurs.
La Nature en frémit, & le Ciel en colere
Fait en vain dans les airs éclater ſon tonnerre.

Rien n'arrête TILLI. Les Soldats effrénés,
A la licence, au meurtre, au crime abandonnés,

'Ardens, impétueux, frappent, pillent, égorgent ;
Du fang des Citoyens ces triftes murs regorgent.

TILLI, tranquille & fier de fes affreux fuccès,
Conduit leur cruauté, préfide à leurs forfaits.
Ils forcent les maifons, ils enfoncent les Temples,
Le moins féroce même imite ces exemples ;
Celui qui leur réfifte & celui qui les fuit,
Ne fauraient éviter le fer qui les pourfuit :
Près de fa mere en pleurs, l'enfant à la mammelle,
Egorgé fur fon fein tombe & meurt avec elle :
En défendant fon fils le pere infortuné
Expire fans venger ce fils affaffiné :
On ne voit en tous lieux que des objets horribles.
Ces monftres furieux aux plaintes inflexibles,
Dans un afyle faint inutile en ces tems,
Maffacrent fans remords trois cent vieillards tremblans.

On dit, pour échapper au fer de ces impies,
Que de jeunes beautés par la honte enhardies,
Cherchant dans le trépas un barbare fecours,
Dans l'Elbe enfanglanté terminerent leurs jours.

Mais quel fpectacle affreux vient s'offrir à ma vue ?
Où courez-vous cruels ? Quelle rage inconnue !
Monftres, où portez-vous ces torches, ces flambeaux ?
Vous êtes des démons & non pas des Héros.

Déjà fur les palais la flamme fe déploie.
Malheureufe Cité tu péris comme Troie.

L'embrafement s'accrût, il gagne en peu de tems,
Il s'éleve en tous lieux d'horribles hurlemens
De ceux que l'on égorge ou que le feu dévore:
O crimes! ô fureurs que la nature abhorre!

Tels qu'on peint de l'enfer les tourmens & les feux,
Ce théâtre d'horreur, ces gouffres ténébreux,
Où du plus faible efpoir les fources font taries,
Les malheureux humains en proie à des furies,
Aux fupplices divers à jamais condamnés,
De flammes, de bourreaux, d'horreur environnés;
Tels, & plus effrayans dans ces momens funeftes,
Parurent, Magdebourg, tes déplorables reftes;
Plus d'habitans, de murs, de temples ni d'abris,
La flamme dans les airs éclairait tes débris.

Et de cette Cité jadis fi floriffante,
Que les arts & la paix rendirent fi brillante,
Après l'affreux malheur en cette nuit fouffert,
De cette ville immenfe il reftait un défert,
Où le Soldat cruel, fatigué du carnage,
S'applaudiffait encor du meurtre & du pillage;
Et l'Elbe en s'enfuyant de ces lieux déteftés
Couvrait de corps fanglans fes bords épouvantés.

TILLI fut-il heureux en prenant cette Ville?
La flamme le priva d'une conquête utile.
Magdebourg n'était plus qu'un tombeau plein d'horreur,
Qui mettant au grand jour l'excès de fa fureur,
En lui repréfentant tant d'images funeftes,
Semblait le menacer des vengeances céleftes.

L'ART
DE LA GUERRE.

CHANT CINQUIEME.

PALLAS qui vous appelle au champ de la victoire,
Qui par tous les chemins vous conduit à la gloire,
Qui forme des Héros pour toutes les saisons,
Vous marque par mes vers ses prudentes leçons,
Pour que dans vos quartiers à la fin des allarmes,
Vous sachiez conserver tout l'honneur de vos armes.

Lorsque le froid hiver aux cheveux blanchissans,
Des cavernes d'Eole a déchaîné les vents ;
Que le fougueux Borée ennemi du Zéphyre,
Sur Pomone & Cérès vient usurper l'empire ;
Que les arbres couverts de glaçons, de frimats,
Des feuilles & des fruits ont perdu les appas ;
Que les fleuves gelés demeurent immobiles ;
Que les troupeaux nombreux quittent les prés stériles :
Lors enfin que les camps étendus, sur les monts,
Ressentent les rigueurs des rudes aquilons,
Les Guerriers sont contraints d'abandonner leurs tentes,
Ils suspendent un tems leurs courses triomphantes.

Malgré toute l'ardeur dont ils sont animés,
Les Chefs des deux partis par l'hiver désarmés,
De l'abri des maisons recherchent les asyles,
Et leurs corps séparés s'enferment dans les villes.

Il faut que le Soldat aux travaux consacré,
Goûte pendant l'hiver un repos assuré ;
La fatigue à la fin l'affaiblit & l'épuise,
L'art peut le garantir contre toute surprise.

Il faut que de gros corps tous prêts à s'ébranler
Contiennent l'ennemi qui voudrait vous troubler ;
Que des postes divers la garde vigilante
Couvre tout votre front d'une chaîne puissante :
Passages, défilés, bois, chemins importans,
Se garnissent d'abord par des détachemens :
Sous les ordres d'un Chef, un prudent Capitaine
Garde cette frontiere & préside à la chaîne.
Les agiles Dragons, les rapides Hussards
Observent l'ennemi, préviennent les hazards,
L'inquiétent sans cesse ; & leur avis fidelle
De sa moindre démarche apporte la nouvelle ;
Par leurs soins répétés ses desseins reconnus,
Sont soudain découverts & soudain prévenus.

Quand sur tous les détails qu'exige la défense,
Vous aurez consulté les loix de la prudence ;
Quand vous aurez fini ces pénibles travaux,
Vous en verrez bientôt renaître de nouveaux.
Que du froid Orion l'influence sévere,
Procure aux combattans une paix passagere,

Leur Chef judicieux loin de refter oifif,
Dans les bras du repos peut fe montrer actif.

C'eft peu dans vos quartiers d'affurer votre armée,
De la tenir en ordre, à la gloire animée :
Il vous faut remplacer ces Soldats généreux
Que la mort a ravis à vos drapeaux heureux.
La victoire a coûté, ces ombres immortelles
Veulent des fucceffeurs & des cœurs dignes d'elles :
Dans de nouveaux Soldats cherchez un promt fecours.

Le vulgaire imbécille à vil prix vend fes jours.
Ainfi que le poiffon de nourriture avide
Eft pris par le Pêcheur à l'hameçon perfide :
De même par l'appas d'un métal fuborneur,
On tire de fon champ l'indigent Laboureur.
Du Roi qu'il va fervir il ignore l'outrage ;
Mais bientôt de la troupe où fon deftin l'engage,
La fiere difcipline & le courage altier,
Font un brave Soldat d'un Payfan groffier.

Souvent dans l'action le nombre feul décide :
Votre force peut rendre un ennemi timide.
Raffemblez avec foin de rapides Courfiers,
Il faut qu'il foient choifis ainfi que vos Guerriers,
Dans la fleur de leurs ans, vigoureux & dociles.

Préparez avec foin tous ces amas utiles
Que Cérès à vos foins s'empreffe à préfenter ;
L'art de vaincre eft perdu fans l'art de fubfifter.

Ce camp, ce peuple entier à votre loi fidelle,
Par une maladie à la longue mortelle,
Se fent deux fois par jour vivement affaillir,
S'il manque de fecours on le voit défaillir :
Les fils de Galien y perdraient leur fcience,
Il faut pour les guérir maintenir l'abondance ;
Ou, fi vous négligez ces devoirs importans,
Vous verrez arriver au milieu de vos camps,
Du fond de fes rochers & de fon antre aride,
Ce monftre décharné, la Faim pâle & livide.
Il amene avec lui les Maux contagieux,
Le Découragement, les Cris féditieux,
La Faibleffe, la Peur, la Mifere effroyable,
Le fombre Défefpoir, la Mort inexorable ;
Et dans ce camp défert peuplé par des mourans,
Combattrez-vous tout feul des ennemis puiffans ?

Prévenez ce malheur, préparez-vous d'avance,
Dans vos camps par vos foins amenez l'abondance ;
Et préparez ainfi dans les bras du repos,
Pour vos futurs exploits des triomphes nouveaux.

Tandis que s'arrangeant pour la naiffante armée,
Le Chef par fes travaux régle fa deftinée ;
L'Officier généreux tranquille en fes quartiers,
Dans le fein de la paix joint le myrthe aux lauriers ;
Sa fidelle moitié pleine d'impatience,
Oublie entre fes bras les malheurs de l'abfence.
O jours ! ô doux momens par la crainte achetés !
Après tant de foupirs que l'amour a coûtés,

Quel plaifir de revoir à l'abri des allarmes,
L'époux qui fit couler & qui tarit fes larmes ;
D'entendre fes exploits, de défarmer fes bras,
Les vengeurs de leur Roi, la gloire des combats ;
D'attendrir ce grand cœur aux dangers infenfible,
De baifer tendrement cette bouche terrible,
Qui hâtait des Soldats le redoutable effort,
Qui par fes fiers accens précipitait la mort !

Tandis que fur le fein de fa fidelle amante,
Se panche du Héros la tête triomphante,
Béniffant fes exploits, joyeux de fon retour,
On voit autour de lui les fruits de fon amour :
L'un baife avec tranfport fes mains victorieufes,
Et brûle de remplir ces routes épineufes,
Où les fages Guerriers fe rendent immortels :
L'autre ferre en fes bras les genoux paternels.
De ces faibles enfans les naïves careffes
A ce pere chéri prodiguent leur tendreffe ;
Ils tiennent en jouant dans leurs débiles mains,
Ce fer trempé de fang, ce fer craint des humains,
Son cafque menaçant, fa terrible cuiraffe,
Bientôt des pas du pere ils vont fuivre les traces.

Le Dieu du tendre hymen donne à fes vrais amans,
Ces biens purs & parfaits, ces doux raviffemens,
Qui naiffent de l'eftime où le cœur participe,
Dont l'amour réciproque eft le conftant principe ;
Agrémens inconnus dans la fleur de leurs jours,
A tous les partifans des frivoles amours :

De ces chastes liens écartant la mollesse,
Ce généreux amant est tendre sans faiblesse ;
Son cœur ne connaît point la molle volupté,
Et quand le devoir parle il est seul écouté.

Dans ces chastes plaisirs, dans cette jouissance,
Compagne du devoir & de la tempérance,
Son corps robuste & sain n'est jamais abattu,
Son amour innocent anime sa vertu ;
On le verra bientôt plein d'une ardeur nouvelle,
Accourir dans ces champs où la gloire l'appelle.

Avant que les hivers finissent leurs rigueurs,
Avant le doux retour de la saison des fleurs,
Aux postes avancés les Généraux s'empressent ;
Ils forment leurs projets, leurs camps se reconnaissent.
Les éleves d'Euclide arpentent les terreins,
Pour rassembler le corps désignent les chemins.
Le Chef toujours actif veille sur leur ouvrage,
Il en donne le plan, il en fait l'avantage :
S'il pense à l'avenir il n'est pas moins prudent
A pourvoir aux besoins qu'exige le présent.
La mere des Succès, la sage Méfiance,
Dans ses travaux divers soutient sa vigilance,
Elle vient l'éveiller au moment qu'il s'endort,
A ses sens fatigués donne un nouvel essor ;
Souvent elle lui dit : » craignez votre adversaire,
» Pesez tout ce qu'il fait & tout ce qu'il peut faire,
» Ayez chez l'ennemi, dans ses camps, en tous lieux,
» Autour du Général, des oreilles, des yeux,

» Qui l'observent par-tout, qui percent ses mysteres ;
» Qui sachent ses desseins, ses projets militaires :
» Et n'épargnez jamais pour des avis certains,
» Ce métal corrupteur qui séduit les humains.
» Jugez en étranger de vos plans, de vous-même ;
» A vos arrangemens donnez un soin extrême :
» Croyez-vous vos quartiers en pleine sûreté ?
» Sur ces monts fondez-vous votre sécurité ?
» Croyez-vous que le corps qui tient cette riviere ,
» Qui défendant son bord garde votre frontiere ,
» N'est point dans le péril de se voir insulter ?
» Sur vos positions n'allez point vous flatter :
» Ces monts audacieux dont la terrible chaîne ,
» Servait de boulevart à la fierté Romaine ,
» Ces monts dont on craignait le passage fatal ,
» Ne purent arrêter les progrès d'Annibal.
» Soldat laborieux, il vainquit ces obstacles ;
» L'audace des Héros opere des miracles ;
» Il arrive, il descend par de nouveaux chemins,
» Etonne, attaque & bat les Généraux Romains.

VENDOME s'assurait sur l'appui des montagnes ,
Qui bordent des Lombards les fertiles campagnes ;
Quand suivant des chemins inconnus jusqu'alors ,
EUGENE de l'Adige osa franchir les bords ;
Et non moins vigilant que hardi Capitaine ,
Brisa le joug honteux qu'au Pô donna la Seine.
Remarquez ces torrens dans ces tristes saisons ,
Le froid les a changés en des ponts de glaçons ;

L'ennemi

L'ennemi quelque jour plein d'une noble audace,
Pour forcer vos quartiers en franchira l'espace :
Alors surpris, confus, séparé, consterné,
Malgré vous dans la fuite avec honte entraîné,
Un seul moment fatal, à vous, à votre armée,
Ravira vos succès & votre renommée.

Rien de plus dangereux qu'un quartier enlevé !
Ce n'est point pour le mal qui vous est arrivé ;
Mais votre troupe alors interdite & rebelle,
Perd son respect pour vous, sa confiance en elle.
L'abattement succéde au desir des combats,
Tout est découragé le Chef & les Soldats.
Cet échec après soi traîne de longues suites,
Et l'ennemi vous perd s'il hâte ses poursuites.

BOURNONVILLE battu, mais fier de ses ren-
     forts,
Du Rhin majestueux passa les larges bords :
Devant lui les Français sous les loix de TURENNE,
Craignaient en reculant les monts de la Lorraine ;
Sans consulter son art, sans craindre des revers,
Le Germain se sépare avant les froids hivers :
Il divise son corps, il cantonne en Alsace,
Il hâte par ses mains le sort qui le menace.
Tandis qu'il est flatté par la sécurité,
Que l'Aigle des Césars s'endort en sûreté,
TURENNE se rassemble au revers des montagnes ;
Il les passe, il paraît, il fond dans les campagnes,

Tombe fur BOURNONVILLE, enleve fes quartiers,
De fes Soldats épars, il fait des prifonniers,
Et force le Germain par cette rude épreuve,
A paffer en courant vers l'autre bord du fleuve.

L'Hiver peut procurer de rapides fuccès;
La faifon du repos peut hâter vos progrès;
Qu'affemblé par l'Audace & par la Vigilance,
Vers des corps féparés un corps nombreux s'avance;
Dès qu'il les a furpris, l'ennemi confondu
Le rend victorieux fans avoir combattu.
Que la rapidité fe joigne à la conduite,
Diffipez l'ennemi, précipitez fa fuite.
Nos faftes vous diront qu'en tous lieux, en tous tems
Le deftin feconda les Chefs entreprenans.

Tel parut aux Saxons le Conquérant rapide,
Qui couvrait STANISLAS de fa puiffante égide,
Lorfque s'abandonnant à fes tendres defirs,
AUGUSTE de Vénus partageait les plaifirs
Avec le tendre cœur de fa jeune maîtreffe,
Se couronnait de pampre, & rempli d'allégreffe
Oubliait fon devoir, la Pologne & fon camp. (*u*)
L'Alexandre du Nord l'affaillit à l'inftant,
Des fêtes de Bacchus il trouble les myfteres,
Les Bacchantes, l'Amour, les Guerriers mercénaires;
Tout fuit devant fes pas, & le Saxon chaffé
Confent qu'Abdalomine au trône foit placé.

(*u*) Affaire de Pintfchoff.

Telle, des régions où gronde le tonnerre,
Quand l'aigle dans son vol apperçoit sur la terre
Des montagnes, des bois, les jeunes habitans,
Sans crainte des dangers dans la campagne errans,
Elle tombe sur eux, jette des cris de joie,
Et dans son nid sanglant elle emporte sa proie.

L'ART
DE LA GUERRE.

CHANT SIXIEME.

Le Dieu de la victoire a daigné par ma voix,
Enseigner de son art les rigoureuses loix.
Du métier des Héros on a vu l'origine,
Le choix des campemens, l'ordre, la discipline,
Comment un Chef habile assure ses quartiers,
Et brise les remparts sous ses coups meurtriers.
Par de plus grands objets terminons cet ouvrage,
Des batailles traçons la redoutable image ;
Montrons sur cette mer si promte à s'irriter,
Les dangers, les écueils, l'art de les éviter :
Je vous guide au combat troupe illustre & guerriere.

Voilà ce champ fameux, voilà cette carriere,
Où tant de Généraux ont trop tôt succombé,
Où Guillaume bronchait, où Marsin est tombé,
Où d'autres essoufflés, sans force & sans ressource,
N'atteignirent jamais le terme de leur course.

Là s'abattit POMPÉE, ici finit PYRRHUS,
Là périt ANNIBAL, MITHRIDATE, CRASSUS.
Des vestiges sanglans de leurs funestes pertes,
De leurs tristes débris les plaines sont couvertes.

Mais dans ces mêmes champs courant avec plus d'art,
On a vu triompher ALEXANDRE, CÉSAR,
L'impétueux CONDÉ, le sublime TURENNE,
GUSTAVE, LUXEMBOURG, VILLARS, MAURICE,
EUGENE.

O vous, jeunes Guerriers, touchés de leurs hauts faits,
Craignez de votre ardeur les transports indiscrets.
Dans le nombre d'amans qui courtisent la Gloire,
Très-peu sont couronnés des mains de la Victoire :
Tel à ses grands exploits en joignit de nouveaux,
Qui perdit en un jour le fruit de ses travaux.

Tel parut le vengeur de la funeste Troie
Contre cent Rois ligués sa valeur se déploie.
Diomede est vaincu, les Grecs sont accablés,
Ajax fuit en courroux, ses vaisseaux sont brûlés :
Patroclé excite en vain son courage inutile,
Hector à ce Héros prend les armes d'Achille ;
Mais le Troyen succombe après tant de bonheur,
Dans le fils de Pélée il trouve son vainqueur.
Du fier rival du Czar voyez la destinée,
Favorable neuf ans, neuf ans infortunée.

Si d'aussi grands Héros dans les combats experts,
Ont terni leurs exploits par de honteux revers,

D 3

S'ils font enfin tombés au fond des précipices ;
Qu'ofez-vous efpérer dans l'art de Mars novices,
Dans nos camps par Bellone à peine encor fevrés,
Sur les devoirs d'un Chef faiblement éclairés ?

Mais malgré mes confeils, dans votre ardeur pre-
    miere,
Comme un Courfier fougueux lâché dans la carriere,
Vous brûlez de courir & de vous fignaler :
Craignez un fol orgueil qui peut vous aveugler,
Craignez votre amour-propre & fes douces amorces :
Eprouvez avant tout vos talens & vos forces,
Et ne prenez jamais des vœux ambitieux,
Pour l'effort du génie en vous victorieux.

En vain poffédez-vous la force d'un Athlete,
Qui dans Londres combat au bruit de la trompette,
Admiré par le peuple, applaudi par les fots,
Et de fes bras nerveux terraffe fes rivaux.
Quand vous reffembleriez à ces fils de la Terre,
A ces rivaux des Dieux qui leur firent la guerre,
Qui pour braver l'Olympe en leur rébellion,
Souleverent l'Offa fur le mont Pélion ;
Quand du Dieu des combats vous auriez le courage,
Ne vous attendez point à gagner mon fuffrage.
Taille, force, valeur, tout eft infuffifant,
Minerve exige plus d'un Général prudent.

Il faut que fon efprit guidé par la Sageffe,
Soit vif fans s'égarer, & prudent fans faibleffe ;

Qu'il agiſſe à propos, que maître des Soldats,
Il les faſſe mouvoir dans l'horreur des combats ;
Au déſordre à l'inſtant qu'il porte un promt reméde,
Et ranime le corps qui s'épuiſe ou qui céde,
Qu'en Guerrier prévoyant il prépare de loin
Tous les ſecours divers dont l'armée a beſoin ;
Qu'en reſſources fécond, toujours infatigable,
Par ſa faute jamais le Deſtin ne l'accable.

Formez-vous donc l'eſprit, ſur-tout le jugement,
Attendez tout de vous, rien de l'événement.
Soyez lent au Conſeil, c'eſt-là qu'on délibere ;
Mais lorſqu'il faut agir paraiſſez téméraire,
Et n'engagéz jamais, ſans de fortes raiſons,
Ces combats où la Mort fait d'affreuſes moiſſons.

Les forces de l'État ſont en votre puiſſance :
Des Soldats généreux vous guidez la vaillance.
Promt pour exécuter l'ordre du Général,
Ils volent aux dangers dès le premier ſignal :
Dès que vous commandez, leur cohorte aguerrie
Fond ſur vos ennemis, comme un tigre en furie
Tombe ſur un lion, lui déchire le flanc,
Le terraſſe, l'abbat, s'abreuve de ſon ſang.

Le lendemain, grand Dieu! ſur ces champs de ba-
    tailles,
Regardez ces mourans, ces triſtes funérailles ;
Et parmi ces ruiſſeaux du ſang des ennemis,
Voyez couler le ſang de vos meilleurs amis.

D 4

Voyez dans le tombeau ces Guerriers magnanimes,
De votre ambition malheureuses victimes;
Leurs parens déplorés, leurs épouses en deuil,
Qui dans votre triomphe abhorrent votre orgueil.
Ah! plutôt que souiller vos mains de tant de crimes,
Plutôt que vous parer d'honneurs illégitimes,
Périssent à jamais les cruels monumens,
Moins dûs à vos exploits qu'à vos égaremens!
Qui voudrait à ce prix gagner la Renommée?

En pere bienfaisant conduisez votre armée;
Dans vos moindres Soldats croyez voir vos enfans:
Ils aiment leurs Pasteurs & non pas leurs Tyrans.
Leurs jours sont à l'État, leur bonheur est le nôtre:
Avare de leur sang, sacrifiez le vôtre;
Tant que Mars le permet, il faut les ménager.
Quand le bien de l'État les appelle au danger,
Lorsqu'entre vos drapeaux & ceux de l'adversaire
Il faut savoir fixer le destin de la guerre,
Alors sans balancer, sans chercher de détours,
Disposez, attaquez & prodiguez leurs jours:
C'est-là qu'ils feront voir leur ardeur valeureuse,
Et qu'ils sauront périr d'une mort généreuse.

Un sage Général dont Bellone est l'appui,
Combat quand il le faut & jamais malgré lui.
Rempli de prévoyance & sûr de sa cohorte,
Il pare tous les coups que l'ennemi lui porte:
S'il pense en Général, il s'expose en Soldat:
Loin de le recevoir, il donne le combat.

Le fort des affaillans eft toujours favorable.

L'effort du fier bélier, par fon choc redoutable,
S'ouvre un libre paffage & renverfe les tours
D'où l'affiégé tremblant croit défendre fes jours;
Le mur long-tems battu céde au poids qui l'enfonce.

Attaquez donc toujours, Bellone vous annonce
Des deftins fortunés, des exploits éclatans,
Tandis que vos Guerriers feront les affaillans.
Si malgré tous vos foins la Fortune légere
Paffe de vos drapeaux à ceux de l'adverfaire,
Oppofez aux revers un front toujours ferein,
Par votre habilété corrigez le Deftin;
Des Guerriers abattus ranimez le courage,
Montrez-vous ferme & grand tant que dure l'orage;
Comme une fombre nuit par fon obfcurité,
Des feux du firmament releve la clarté,
De même vos malheurs autant que la victoire,
Par votre fermeté vous couvriront de gloire.
Ne défefpérez point fur des fecours de l'art,
La Sageffe toujours triomphe du Hazard.

Si VILLARS fut forcé de fe battre en retraite;
Demain de Malplaquet effaça la défaite.
Souvent un feul moment répare un long malheur;
De vaincu qu'il était, VILLARS devint vainqueur.

On gagne les combats de diverfes manieres.
Ceux connus fous le nom d'affaires régulieres,
Nous offrent des deux parts des efforts généraux.

Des Poſtes retranchés, des hauteurs, des ruiſſeaux,
D'affaires de détail, ſont les ſanglans théâtres :
Le terrein bien choiſi les rend opiniâtres.

Voyez-vous dans ces champs en bon ordre avancer
Ces deux corps au combat tout prêts à s'élancer ?
Leur front qui s'élargit, s'étend & ſe déploie ;
L'un dans l'inſtant formé va fondre ſur ſa proie :
Ces eſcadrons ſerrés d'un cours impétueux,
Volent à l'ennemi qui s'enfuit devant eux.
Dans d'épais tourbillons de foudre & de pouſſiere,
On voit briller de loin la lame meurtriere,
Ils preſſent les fuyards par leurs coups diſſipés,
Du ſang des ennemis leurs glaives ſont trempés.

Ici l'Infanterie ayant perdu ſes aîles,
Redoute des vainqueurs les attaques cruelles.
Cent tonnerres d'airain élancent le trépas,
Les corps victorieux s'avancent à grands pas ;
Sur leur front ménaçant brille la bayonnette :
L'ennemi conſterné médite ſa retraite.
Des bataillons altiers l'attaquent par le flanc ;
Il craint, il céde, il fuit, la terre boit ſon ſang.
Des tubes meurtriers par la poudre enflammée,
Elancent le trépas ſur la troupe allarmée,
Qui s'enfuit dans les champs en pelotons épars,
Sans ordre, ſans conſeil, ſans Chef, ſans étendarts.
Loin de calmer la peur qu'aux vaincus il inſpire,
Loin de faire un pont d'or au Chef qui ſe retire ,

Le parti triomphant faifit l'occafion,
Il pourfuit chaudement le gain de l'action,
Il veut en ce jour même achever fon ouvrage.
Ainfi le grand EUGENE à ce fameux village, (x)
Où TALLARD & MARSIN s'étaient très-mal poftés,
D'un effort général donna de tous côtés :
Il enfonça leur centre, il coupa leur armée,
Blenheim vit des Français l'audace défarmée.
Quel nombre de captifs fur ce fanglant terrein !
L'ennemi des Céfars fuit jufqu'au bord du Rhin.

Ainfi près d'Almanfa quand les lys triompherent,
Que les lions Bretons à leurs efforts céderent,
Au trône de Caftille, au trône d'Arragon,
BARWICK, par fes exploits plaça l'heureux BOURBON.

Voici d'autres combats. Là fur cette colline,
Dont le fommet au loin fur la plaine domine,
Voyez-vous étendus ces bataillons altiers ?
La pouffiere de loin s'éleve dans les airs,
L'ennemi marche, il vient, il fe forme, il fe range,
Il place fur un front fa puiffante phalange.
Son terrein fe refufe aux efforts des Courfiers,
Derriere fa bataille il met fes Cuiraffiers.
Le Chef s'avance feul ; il doit tout reconnaître.
Il peut vaincre en un jour par un coup d'œil de maître,
S'il fait des lieux, des tems un choix prémédité,
S'il prend fon ennemi par fon faible côté.

(x) Hochftet.

De ſa droite s'avance un corps d'Infanterie ;
Elle franchit les monts malgré l'artillerie.
Dans ſon poſte attaqué, renverſé, confondu,
L'ennemi ſe débande, & s'enfuit éperdu.
Le déſordre eſt par-tout, le vainqueur en profite,
Les Cuiraſſiers oiſifs volent à la pourſuite.

Ainſi le grand CONDÉ fut vainqueur à Fribourg :
Ainſi devant ſon Roi dans un auſſi grand jour,
On vit près de Laufelt le valeureux MAURICE,
En offrant à Pluton le ſanglant ſacrifice,
Des Bretons, des Germains, des Bataves fuyards,
Sur le haut de leurs monts placer ſes étendards.

Tel eſt de nos combats l'ingénieux ſyſtême ;
Tous les camps retranchés ſont attaqués de même :
Souvent leurs boulevarts ſans prudence tracés,
Ont de faibles appuis ou de mauvais foſſés.
La moitié des Soldats tient des lieux inutiles :
Cloués à leurs terreins ils reſtent immobiles,
Tandis que l'ennemi fait manœuvrer ſes corps,
Et peut en liberté diriger ſes efforts.

Rien n'arrête un Héros quand Bellone le guide.
Si dans un camp choiſi ſon ennemi timide,
Des maux qu'il a ſouffert encore épouvanté,
Craint l'effort dangereux du bras qui l'a domté,
Et ſe fait du terrein un invincible aſyle ;
Ce Héros le contraint par ſa manœuvre habile,
A donner ces combats qu'il avait évités ;
Il marche avec deſſein vers les grandes Cités,

Il donne à l'ennemi plus d'une jalousie :
Il se prepare, il feint, il tourne, il se replie,
Il paraît menacer trois Villes à la fois :
Elles sont dans l'attente & craignent toutes trois ;
Tandis qu'en tous les cœurs la terreur est semée,
De son triste adversaire il affame l'armée.
Des lieux qui l'ont nourrie il coupe les secours,
Et le force au combat pour prolonger ses jours :
Il faut vaincre ou périr, il n'est plus de retraite.

Le faon ne quitte point la biche qui l'allaite :
Un Chef risquera tout plutôt qu'abandonner
Ses dépôts abondans qu'il voit environner.

Lorsque pour se soustraire à votre diligence,
Votre ennemi d'un fleuve implore l'assistance,
Et croit vous arrêter par ses rapides flots,
Imitez d'Annibal le plan & les travaux :
Du Rhône les Romains occupaient le rivage ;
Il feint, marche plus bas & se fraie un passage :
Il sait joindre la ruse avec l'activité,
Et trompe le Consul qui le croit arrêté.
Soutien de mes rivaux, digne appui de ta Reine,
CHARLES, d'un ennemi sourd aux cris de la haine,
Reçois l'éloge pur, l'hommage mérité,
Je le dois à ton nom comme à la vérité.

Ces flots majestueux, cette riviere immense
Qui sépare à jamais l'Empire de la France ;
Ces ennemis nombreux qui défendaient ses bords,
S'opposerent en vain à tes nobles efforts.

Qu'attendez-vous, Guerriers, d'un sage Capitaine ?
Rhin, ennemi, dangers, rien n'arrête LORRAINE.
CHARLES en quatre corps sépare ses Soldats,
A l'endroit où Coigny ne s'y préparait pas :
Son pont construit soudain seconde son audace,
Il surprend les Français, il pénetre en Alsace.

Oublierai-je, LOUIS, le grand jour de Tholus ;
Ces Bataves postés, attaqués & vaincus,
Tes Guerriers dans le Rhin sous tes yeux à la nage,
Gagner en combattant l'autre bord du rivage ?

C'est à de tels exploits que Mars daigne applaudir :
Un noble enthousiasme y peut seul réussir.

Si votre cœur aspire à la suprême gloire,
Sachez vaincre & sur-tout user de la victoire.
Le plus grand des Romains par ses succès divers,
Le jour qu'à son pouvoir il soumit l'Univers,
Sauva ses ennemis dans les champs de Pharsale.

Voyez à Fontenoy, LOUIS, dont l'ame égale,
Douce dans ses succès, soulage les vaincus ;
C'est un Dieu bienfaisant dont ils sont secourus ;
Ils baisent en pleurant la main qui les désarme :
Sa valeur les soumit, sa clémence les charme.
Dans le sein des fureurs la bonté trouve lieu :
Si vaincre est d'un Héros, pardonner est d'un Dieu.

Suivez, jeunes Guerriers, ces illustres modèles ;
Alors la Renommée en étendant ses aîles,

Mêlant à ces récits vos noms & vos combats,
Portera votre gloire aux plus lointains climats.

A ce bruit la Vertu du haut de l'Empirée,
Retrouvant des Héros dignes du tems d'Aftrée,
Retrouvant des Guerriers remplis d'humanité,
Viendra pour vous guider à l'Immortalité.

Dans ce temple facré bâti par l'Innocence,
Les vertus des Mortels trouvent leur récompenfe.
Là font tous les Efprits dont les favans travaux
Enrichirent l'État trouvant des arts nouveaux :
Là font tous les bons Rois, les Magiftrats auguftes,
Très-peu de Conquérans, mais tous les Guerriers juftes.

Si vous prenez un jour un vol fi généreux,
Si vous vous élevez jufqu'au faîte des Cieux,
Souvenez-vous au moins qu'une Mufe guerriere
Vous ouvrant des Héros la fameufe barriere,
Excitant vos travaux du gefte & de la voix,
Par l'appas des vertus a hâté vos exploits.

F I N.

www.ingramcontent.com/pod-product-compliance
Ingram Content Group UK Ltd.
Pitfield, Milton Keynes, MK11 3LW, UK
UKHW021651130726
13696UKWH00004B/1547